Antonio Sanchez R

Loa antipodas

Antonio Sanchez Ramon

Loa antipodas

Reimpresión del original, primera publicación en 1878.

1ª edición 2024 | ISBN: 978-3-36805-195-2

Verlag (Editorial): Outlook Verlag GmbH, Zeilweg 44, 60439 Frankfurt, Deutschland
Vertretungsberechtigt (Representante autorizado): E. Roepke, Zeilweg 44, 60439 Frankfurt, Deutschland
Druck (Imprenta): Books on Demand GmbH, In de Tarpen 42, 22848 Norderstedt, Deutschland

ADMINISTRACION
LIRICO-DRAMATICA.

LOS ANTIPODAS.

JUGUETE COMICO

EN UN ACTO Y EN PROSA

arreglado á la escena española

POR

A. SANCHEZ RAMON.

MADRID:

SEVILLA, 14, PRINCIPAL.

1878.

LOS ANTIPODAS.

ADMINISTRACION
LIRICO-DRAMATICA.

LOS ANTIPODAS.

JUGUETE COMICO

EN UN ACTO Y EN PROSA,

arreglado á la escena española

POR

A. SANCHEZ RAMON·

Estrenado con extraordinario éxito en el teatro de Variedades,
en la noche del 10 de Diciembre de 1877.

MADRID:

IMPRENTA DE ENRIQUE VICENTE
Cuesta de Santo Domingo, 20.
1878.

PERSONAJES.	ACTORES.
MARÍA..............	Sta. Luna.
LEON................	Sr. Vallés.
BLAS......	Sr. Tamayo.
JULIAN....	Sr. Castillo
FELIPE..............	**Sr.** Lastra.
BAUTISTA.	Sr. Mazoli.

ACTO UNICO.

Salon en una quinta.—Puerta al fondo y laterales.—Un velador con periódicos, libros y un bastidor de bordar, etc., en primer término.— Ventana á la derecha del actor.—Otra puerta en segundo término de la izquierda.

ESCENA PRIMERA.

FELIPE, despues JULIAN por el fondo.

FELIPE.	(*Sentado en la butaca leyendo un periódico.*) «Afortunadamente para el país, afortunadamente para las clases productoras, el gobierno que tan sábiamente nos rige...»
JULIAN.	(*Entrando.*) Ah! Estabas aquí? Y tu amo?
FELIPE.	Hola, don Julian.
JULIAN.	Y tu amo?
FELIPE.	Adentro debe estar. (*Llamando.*) Señor! (*Leyendo.*) «...El gobierno que tan sábiamente nos rige...»
JULIAN.	Avísale, avísale.
FELIPE.	(*Llamando.*) Señor! Aquí está su amigo de usted; vamos pronto. (*Leyendo.*) «...El gobierno que tan sábiamente nos...»
BLAS.	(*Adentro.*) Chico!... Chicooo!

FELIPE. (*Ap.*) Voto vá! No me dejarán leer el periódico!) (*Alto.*) Don Julian está aquí. (*Leyendo.*) «Afortunadamente para el país, afortunadamente para...»

ESCENA II.

DICHOS, BLAS por la izquierda.

BLAS. Oh, mi buen Julian! Qué te trae por aquí?
JULIAN. Vengo á despedirme.
BLAS. Cómo!
JULIAN. Sí; pasado mañana salgo para la Coruña.
BLAS. Qué dices! Pero no habíamos convenido en hacer juntos ese viaje?
FELIPE. (*Leyendo.*) «...El gobierno que tan sábiamente nos rige...» (*Ap.*) Me trastornan con su charla!
JULIAN. Efectivamente; en ello habíamos convenido hace ya... no sé cuanto tiempo; pero tu salida de Madrid para venirte al campo y atender á la reparacion de tu finca, desbarató por tercera vez mi proyecto. Pero no aguardo más; ya sabes que mis asuntos se embrollan y ese endemoniado pleito hace indispensable mi presencia en la Coruña.
BLAS. Caramba! cuánto mejor sería que marchásemos juntos!
JULIAN. Desde luego; pero ya sabes que no dilato más. Pasado mañana...
BLAS. Es muy pronto.
JULIAN. Pues entonces...
BLAS. Espera, hombre, espera.
FELIPE. (*Ap.*) (No callarán!) (*Leyendo*). «Afortunadamente para las clases productoras' el gobierno que...»
BLAS. Otro plazo; el último.
JULIAN. Imposible.
BLAS. Quince dias, nada más que quince dias... Voy á casar á mi hija.

JULIAN.	Un matrimonio! Entonces, no concluyes nunca.
BLAS.	Quiero sorprender á María. Por cierto que estoy esperando carta del futuro... Felipe!
FELIPE.	(*Sin moverse y sin dejar de leer; Ap.*) (Otra le pego') Señor...
BLAS.	No ha venido carta?
FELIPE.	*Idem, idem.*—Ah!... si...
BLAS.	Donde está?
FELIPE.	Aquí, en mi bolsillo. *Felipe no se mueve, ni deja de leer, mientras Blas busca la carta en sus bolsillos.*) No, en el otro... eso es... (*Leyendo.*) «...el gobierno que tan sábiamente nos rige.»
BLAS.	(*A Felipe.*) Gracias. (*A Julian.*) Con tu permiso. (*Lee la carta.*) Perfectamente.
FELIPE.	(*Ap.*) (Imposible es entenderse con esta zahurda! Yo dimito!) Señor.
BLAS.	Qué hay?
FELIPE.	Me salgo afuera.
BLAS.	Bien, hijo mio. (*Sigue leyendo la carta.*)
FELIPE.	(*Ap.*) (A ver si de este modo...) «...el gobierno que tan sábiamente nos rige.» (*Vase por el fondo.*)

ESCENA·III.

JULIAN y BLAS.

JULIAN.	Sabes que tu criado tiene unos humos?...
BLAS.	Bah! No lo creas. Es casi un amigo; yo soy su padrino... Magnífico, Julian! Esto, está arreglado.
JULIAN.	Qué?
BLAS.	El matrimonio; esta carta es del futuro.
JULIAN.	Y quién es ese afortunado mortal?
BLAS.	El Sr. Trastienda; un abogado distinguidísimo. Las condiciones están mútuamente aceptadas, y hoy mismo debe venir á comer con nosotros y hacer su demanda en toda regla.

JULIAN.   Y consiente tu hija en ese enlace?

BLAS.   Chist! María ha notado que su futuro es vizco y tiene las piernas torcidas, lo cual no le hace mucha gracia; pero en fin, ya veremos de convencerla...

JULIAN.   Malo! Malo!

BLAS.   Qué sabes tú? Mira; te quedarás á comer con nosotros.

JULIAN.   Siento no poder complacerte, pero...

BLAS.   No hay excusa que valga. Quiero que conozcas al novio.

JULIAN.   Está bien! Al diantre los asuntos; me quedo.

BLAS.   Y como yo tengo que hacer, pues voy á preparar á María para que reciba como debe al Sr. Trastienda, tú puedes entretenerte como gustes, hasta la hora de la comida.

JULIAN.   Recorreré tu finca, que aún no he visto.

BLAS.   Perfectamente. Si deseas principiar por el jardin, (*Señalando á la puerta del segundo término.*) esta escalerilla te conducirá á él.

JULIAN.   Antes de ocho dias.....

BLAS.   Está tranquilo. Antes de ocho dias emprendemos la marcha; lo que es ahora vá de veras. (*Sale Julian por la puerta del segundo término.*)

ESCENA IV.

BLAS, MARIA por la izquierda, despues FELIPE y luego LEON.

MARIA.   Buenos dias, papá.

BLAS.   A propósito; ahora mismo iba á buscarte.

MARIA.   Para?...

BLAS.   Para prevenirte, que hoy debe venir á comer con nosotros... no adivinas?

MARIA.   Vamos, habla, que ya me tienes impaciente.

BLAS.   Nuestro amigo el abogado, tu futuro.

MARIA.   Todavía! Sin duda te has propuesto martirizarme.

FELIPE.   (*En el fondo.*) Señor.

BLAS.	(*A Maria.*) (Ya hablaremos de eso.) (*A Felipe.*) Qué ocurre?
	(*Maria se pone á bordar.*)
FELIPE.	Ahí está *uno* que ha venido á caballo, con un criado... Quiere hablar con usted.
BLAS.	Su nombre?
FELIPE.	Esta es su tarjeta.
BLAS.	(*Leyéndola.*) «Leon Alvarado.» No lo conozco.
FELIPE.	Demuestra impaciencia.
BLAS.	Bien; hazle entrar.
FELIPE.	(*Llamando afuera con muy mal modo.*) Eh!... Caballero! Entre usted. (*Leon aparece en el fondo con el sombrero en la mano y trage de montar, trae tambien un latiguillo; se detiene políticamente antes de entrar y Felipe con tono brusco, le repite.*) Vamos! entre usted, he dicho.
LEON.	(*A Felipe.*) Oye tú, doméstico! Creo que podrias anunciarme de una manera más cortés. (*Aparte, por María.*) (Cómo! Ella aquí!)
BLAS.	(*Adelantándose y quitándose el gorro.*) Caballero..
MARÍA.	(*Ap.*) (Cielos! El jóven que me declaró su amor en el Real!)
LEON.	Don Blas Rodriguez?...
BLAS.	Yo soy.
LEON.	Muy señor mio... ¿Sin duda esta señorita es su hija? Permítame V. que me ponga á sus piés...
MARIA.	Caballero... (*Ap.*) (Es muy político.) *Se sienta al lado del velador y se pone á bordar.*)
BLAS.	Deseaba usted hablarme?
LEON.	Sí, en verdad. Vengo de Madrid á caballo, expresamente para eso. Soy portador de una triste nueva. (*Desde un principio se ha colocado Felipe en primer término, como para enterarse y alternar en la conversacion.*)
BLAS Y FELIPE.	Sí?... Cómo es eso?
LEON.	Ayer tarde me paseaba por delante del jardin del Retiro... El jardin del Buen Retiro.

BLAS.   (*Con impaciencia.*) Sí, lo conozco, sé dónde está.

FELIPE.   Y yo tambien.

(*Blas se pone su gorro. Leon mira con extrañeza la impolítica de Blas y el atrevimiento del criado; despues se pone su sombrero con afectacion.*)

LEON.   De pronto, un amigo pasa por mi lado; me quito el sombrero. (*Lo hace.*) Yo soy extremadamente político.

No lo dudo; pero esa noticia!...

(*Viendo que Blas no se quita su gorro, vuelve á ponerse el sombrero con intencion.*) A eso voy. Me quito el sombrero para saludarle, y en lugar de corresponder á mi cortesía, prosigue su camino.

FELIPE.   Oh! Pues estuvo muy mal hecho!

LEON.   (*A Felipe.*) Amigo mio, no tengo costumbre de conversar con los criados. (*A Blas.*) Aquel imbécil continuó su camino...

BLAS.   Bien, bien. Pero á todo esto...

LEON.   Picado en lo vivo, corro detrás de él, lo alcanzo, y me encuentro...

BLAS.   Sí, con el amigo...

LEON.   No, con un desconocido. Yo me habia engañado. No obstante, le dije: «Caballero, he tenido el honor de saludarle...» Y él me contestó: «Yo no le conozco á usted.»

BLAS.   Y bien...?

LEON.   Yo lo he saludado, continué, y quiero que conteste á mi saludo.

BLAS.   Oh!...

LEON.   (*Con intencion.*) Sí señor; todo hombre que permanece con el sombrero puesto, cuando otro se descubre, es un impolítico.

(*Ap.*) (Qué hombre tan original!)

Esto dió orígen á que el desconocido y yo cambiáramos algunas palabras mal sonantes; reunióse gente, y para evitar un escándalo, le entregué mi tarjeta.

FELIPE.   Continúe usted.

LEON.	(*Con rabia.*) Gracias.... amable sirviente. (*Aparte.*) (Este criado me saca de mis casillas).
FELIPE.	Es divertido.
LEON.	No lo dudo. Pero te suplico que vayas á embetunar las botas! (*A Blas.*) Qué familiar es el criado!
BLAS.	Es mi ahijado.
LEON.	Sí, pero no lo es mio! Pues bien; como decia, le entregué mi tarjeta, y... (*Se detiene Leon viendo que Blas rasca con la uña una mancha en la manga de la bata.*)
BLAS.	Y bien?
LEON.	No; espero que termine usted su *toilette*.
BLAS.	Esta mancha debe ser de esperma.
FELIPE	Pues yo la he limpiado esta mañana.
LEON.	(*Ap.*) (Encuentra uno en el mundo gentes de tal educacion!) Por último; esta mañana nos hemos batido, y he tenido la suerte... ó la *desgracia* de herir á mi adversario.
MARIA.	(*Ap.*) (Dios mio!)
BLAS.	En el corazon?
LEON.	No señor, en una pantorrilla. Esto es todo: únicamente me resta, despedirme de ustedes. (*Se descubre.*) Señorita... (*Viendo que Blas permanece con el gorro puesto, se pone el sombrero con afectacion y lo saluda con la mano.*) Caballero... (*Va hácia el fondo.*)
BLAS.	(*Ap.*) (Pero á qué ha venido este hombre?) Usted ha venido de Madrid...
LEON.	A caballo.
BLAS.	Sí... Nos ha contado usted su desafío; para qué...?
LEON.	Cómo que para qué? Ah!... si, sí, tiene usted razon. He olvidado un detalle. Mi adversario...
BLAS.	Adelante.
LEON.	Es su futuro yerno de usted; el señor Trastienda...'
TODOS.	Dios mio!

BLAS.　Y se atreve usted á presentarse aquí cubierto de su sangre?

LEON.　(*Mirando su ropa.*) De su sangre? Nada de eso. Descuide usted, estará de pié antes de tres meses!

MARIA Y BLAS. Tres meses!

LEON.　Cuando cayó en tierra me ofrecí á él, y entonces me encargó que montara á caballo inmediatamente y viniera á participar á ustedes tan desgraciado suceso.

BLAS.　Pobre yerno! Voy á escribirle. Mi carta será un bálsamo para su herida.

LEON.　Si usted quiere, yo mismo me encargo de llevarla.

BLAS.　Perfectamente! Pues un minuto, espere usted nada más que un minuto. Oh! que costumbre tan feroz la del duelo! Ven, hija mia. (*Váse por la izquierda con Maria.*)

FELIPE.　Herir á nuestro yerno!... Eso no está bien!

LEON.　(*Furioso.*) Eh, lacayo! Te intimo por segunda vez que vayas á embetunar las botas!

FELIPE.　Vamos, vamos. Eso no está bien. (*Váse por la izquierda.*)

ESCENA V.

LEON, despues BAUTISTA.

LEON.　Qué hija tan encantadora tiene este cafre!... Una mujer así, tal vez me sacara de mi celibato... Pero no! Yo he renunciado al matrimonio... diez y siete veces consecutivas! Tengo la mano desgraciada para escoger suegros; son mis antípodas! Pero ese señor... No acabará nunca de escribir? Me ha recibido con una grosería!

BAUTISTA.　(*En la puerta del fondo.*) Señor..

LEON.　(*Ap.*) (Ah!... mi criado.) Habla.

BAUTISTA.　Vengo á decirle...

LEON.	Señor Bautista! Es estraño que permanezca usted con el sombrero en la cabeza, cuando yo estoy descubierto.
BAUTISTA.	(Confuso y descubriéndose rápidamente.) Oh!...
LEON.	Habla.
BAUTISTA.	Los caballos han descansado, y se hallan dispuestos cuando el señor guste.
LEON.	Está bien. (Ap.) (Pero esa carta! Y no me habia pedido nada más que un minuto para escribirla!) Bautista.
BAUTISTA.	Señor...
LEON.	En voz alta, cuenta hasta doce.
BAUTISTA.	Está bien, señor... (Bautista, inmóvil en medio de la escena, principia á contar. Leon se pasea impaciente.) 1, 2, 3, 4, 5, 6...
LEON.	(Ap.) (Pero esa carta!...)
BAUTISTA.	7, 8, 9, 10, 11, 12...
LEON.	Doce?... Basta! Bautista!
BAUTISTA.	Señor...
LEON.	Partamos! (Salen rápidamente por el fondo.)

ESCENA VI.

BLAS, despues JULIAN.

BLAS.	(Por la izquierda con la carta en la mano.) Caballero; dispénseme V. que... (Mirando alrededor.) Calle! No está aquí! Pues yo no he tardado tanto. Se habrá marchado? (Mirando por la ventana.) No dije! Allá va galopando por el camino... Pero y mi carta? Bah! Ya buscaré otro medio de remitirla.
JULIAN.	Amigo mio, tienes un jardin delicioso. Pero, qué te pasa? Estás pálido, agitado!
BLAS.	Ay, Julian! Una desgracia horrible! Mi futuro... digo, el futuro de mi hija, el señor Trastienda...
JULIAN.	Ha muerto?
BLAS.	Está herido... en una pantorrilla!

JULIAN.	Bah! Deplorable es el caso; pero, quien sabe si ese percance le enderezará una de las piernas, que, segun dices, las tiene torcidas?
BLAS.	Sí; pero nuestra marcha tendrá que dilatarse hasta que esté curado. Tres meses por lo ménos!
JULIAN.	Y es verdad. Otra dilacion! Y quién lo ha herido?
BLAS.	Un tal Alvarado; el mismo que ha estado aquí á darme la noticia...
JULIAN.	Alvarado! Leon Alvarado, tal vez?
BLAS.	Justamente. Acaba de partir. Le conoces?
JULIAN.	Ya lo creo! Ha sido mi inquilino durante dos años. Un inquilino que pagaba puntualmente sus 18.000 reales! Y soltero! Cuánto siento no haberle visto.
BLAS.	Por qué?
JULIAN.	Nada... Una idea que hace tiempo me bulle en la cabeza. Yo habia pensado en él... para tu hija.
BLAS.	Te burlas? Un ente tan original!...
JULIAN.	No conozco carácter más dulce, más amable, más encantador. Pagaba al contado sus 18.000 reales!
BLAS.	Quién lo dijera...! Pero la posicion de ese hombre...?
JULIAN.	Envidiable! Tiene una casa magnífica en la calle de Alcalá, y se prepara á construir otra al lado de la primera.
BLAS.	Diablo! En la calle de Alcalá! Es un buen partido! Debí haberle invitado á comer, porque en la mesa se habla, y... Pero, y entónces el Sr. Trastienda?
JULIAN.	Tanto peor para él.
BLAS.	Dices bien. Para qué se ha dejado herir? Mi hija no puede esperar tres meses. Además, no lo ama; tiene las piernas torcidas, y es vizco, y siempre hablando en latin!
JULIAN.	Y nuestro viaje que se retrasa.

ESCENA VII.

DICHOS, LEON por el fondo con un enorme *bouquet* en la mano.

BLAS Y JULIAN. El!

LEON.   (*A Blas.*) Caballero, no creia volverlo á ver; se lo juro. Permítame usted ofrecerle este voluminoso ramo, que ya me cansa el brazo.

BLAS.   (*Tomando las flores.*) Gracias. Pero qué? Hoy es mi santo?

LEON.   Lo ignoro, caballero. Creo que es Santa Bárbara. He recorrido media legua para decirle que mi criado es un bribon. Se ha permitido arrancar estas flores de su jardin de usted para festejar á una Bárbara, segun creo.

BLAS.   Pero hombre! Eso no valia la pena.

JULIAN.   Qué delicadeza! Reconozco en eso á mi antiguo inquilino.

LEON.   Oh, mi querido D. Julian!... Cuanto celebro... (*A' Blas.*) Caballero; sólo me resta pedirle mil perdones y saludarle.

BLAS.   (*Bajo á Julian.*) Que se vá!

JULIAN.   (*Bajo á Blas.*) Deténlo.

BLAS.   Señor Alvarado.

LEON.   Caballero?...

BLAS.   Vamos; comerá usted con nosotros. Aún nos queda comida de sobra.

LEON.   (*Con ironia.*) Ciertamente, Sr. Rodriguez, que me halaga mucho eso de comer las sobras.

BLAS.   Aceptado, eh?

LEON.   Permítame usted.

BLAS.   Voy á creer que es usted susceptible.

LEON.   Yo, susceptible! Acepto.

BLAS.   Gracias á Dios! (*Dándole golpecitos en el vientre.*) Es usted un buen chico!

LEON.   (*Retrocediendo.*) (¡Qué familiaridad!)

BLAS.   (*Bajo á Julian.*) Voy á preparar á mi hija!

LEON.   (*Ap.*) (Hablan en secreto! Que poca educacion!) (*Alto.*) Si estorbo...?

BLAS.   Nada de eso. Ahí queda V. con Julian; un viejo amigo, que me ha dado los mejores informes acerca de su honradez de V. y de su moralidad.
(*Váse Blas por la izquierda. Julian va con él hasta la puerta. Leon pone su sombrero y su látigo sobre el velador.*)

LEON.   (*Ap.*) (Informes!... Temería acaso que me guardase sus cubiertos en el bolsillo?)

ESCENA VIII.

JULIAN y LEON.

LEON.   Don Julian, hábleme V. con franqueza. He cometido una tontería al aceptar?...

JULIAN.   Al contrario; la invitacion ha sido sincera. Mi amigo Blas está encantado de usted.

LEON.   Hum! Yo no sé que le encuentro... Un aire sarcástico...

JULIAN.   El!... Si es el mejor de los hombres! franco, expansivo, sin ceremonia...

LEON.   Como yo, vamos.

JULIAN.   Justamente; y esa misma conformidad de carácter que hay entre ustedes, me ha inspirado una idea.

LEON.   Cuál?

JULIAN.   Aquí, para *inter nos*, no ha pensado usted nunca en casarse?

LEON.   Por qué me pregunta usted [eso? (*Ap.*) (Será una alusion á mis diez y siete tentativas de matrimonio fracasadas?)

JULIAN.   Sea dicho sin ofenderlo, principia usted á tomar vientre.

LEON.   (*Picado.*) A bien que no tomo del de usted.

JULIAN.   Y sus cabellos principian á platearse.

LEON.	(*Ap.* Me han invitado á comer para decirme todo esto?)
JULIAN.	Créame usted, amigo mio, cuando se llega á cierta edad, el matrimonio rejuvenece.
LEON.	No lo dudo.
JULIAN.	Y aquí, en esta casa, hay una jóven encantadora.
LEON.	La conozco hace mucho tiempo.
JULIAN.	Y qué le parece á usted?
LEON.	Pero, don Julian!...
JULIAN.	Y hasta puede asegurarse que una peticion no sería rechazada.
LEON.	Como!... Yo, yo podria casarme aún! Despues de mis 17 matrimonios fracasados por culpa de los suegros! Présteme usted unos guantes, un frac, un trage apropósito.
JULIAN.	Para qué?
LEON.	Para hacer mi peticion.
JULIAN.	Caramba! No tan de prisa. Ante todo, es indispensable que ella le guste á usted.
LEON.	Gustarme? Enormemente! Regla general; ellas, me gustan siempre... Los suegros son los que nunca me agradan... Son mis antípodas!
JULIAN.	De modo que me autoriza usted para participar á mi amigo...
LEON.	Sí, sí... Vaya usted. Dígale que comprendo su carácter ruin, atrabiliario, insoportable.
JULIAN.	Cómo!
LEON.	Carácter de suegro, en una palabra; pero que es igual; yo paso por todo... Vaya usted, vaya usted. (*Váse Julian por la izquierda.*)

ESCENA IX.

LEON, despues FELIPE.

LEON.	Conque voy á casarme? Pobre abogado! mientras él está en su lecho... Mas para qué tiene ya cincuenta años? Verdad que yo he cumpli-

do los cuarenta. Chist!... Cuarenta, no; diré treinta y cuatro. Eso, eso. Quiero ser amado por mí mismo. No soy de los que se casan por hacer un negocio, una especulacion.

FELIPE. (*Por la izquierda.*) Diga usted, es verdad eso que se habla por ahí fuera?

LEON. Qué?...

FELIPE. De veras tiene usted una hermosa casa en la calle de Alcalá?

LEON. Quién lo ha dicho?

FELIPE. Si no se habla de otra cosa.

LEON. Cómo! Pero y de mí, qué se dice?

FELIPE. Que le produce una renta de yo no sé cuántos miles de reales.

LEON. Pero, de mil... de mil...

FELIPE. Se dice que es usted más rico que el abogado, que el señor Trastienda.

LEON. Voto á San!...

FELIPE. Tenga usted calma. Todo marcha perfectamente; tendremos boda, ya lo creo! Cuente usted conmigo. (*Váse por el fondo.*)

LEON. (*Furioso.*) Es decir, que el matrimonio es con mi casa! Yo no soy mas que unas cuantas piedras, un poco de yeso, cuatro paredes, un puñado de dinero! (*Con dignidad.*) Alvarado, tú no puedes aceptar este enlace. No; de ningun modo... y no lo aceptarás!

(*Se dirige á la ventana, y se distrae mirando hácia fuera.*)

ESCENA X.

LEON, BLAS, MARIA y JULIAN por la izquierda.

JULIAN. (*Bajo á Blas.*) Conque tôdo está convenido? Voy á decirle que puede hacer su peticion.

BLAS. (*Bajo á Julian.*) Sí, sin rodeos. (*A María, tomando un periódico del velador.*) Siéntate, haz como que bordas. Yo, entretanto, figuraré que leo. *(Siéntase cerca del velador, Maria borda, y Blas lee.)*

JULIAN. *(Bajo á Leon.)* Amigo mio, se arregló el asunto. Esta es la mejor ocasion para que haga usted su demanda.

LEON. Muy bien. *(Se aproxima á Blas.).*

BLAS. *(Bajo á María.)* Ya está aquí. Baja los ojos.

LEON. *(A Blas.)* Caballero...

BLAS. *(Levantándose.)* Caballero?...

LEON. Este país es verdaderamente fértil; el suelo parece arcilloso, pero no obstante. *(Blas, Julian y Maria se muestran admirados.)*

BLAS. *(Bajo á Maria.)* Tu presencia lo aturde sin duda; sal.

MARIA. *(Bajo.)* Al momento. *(Deja el bordado y se vá por la izquierda.)*

JULIAN. *(Bajo á Leon.)* La niña ha salido... Vamos ..

LEON. *(A Blas.)* Caballero...

BLAS. Caballero?

LEON. Este país es verdaderamente fértil; el suelo...

BLAS. *(Bajo á Julian.)* Entónces, eres tú quien lo corta! Sal.

JULIAN. *(Bajo á Leon.)* Vamos; atrévase usted. *(Julian sale por el fondo.)*

LEON. *(Continuando.)* El suelo parece arcilloso.

BLAS. Julian ha salido ya, amigo mio; hable usted con toda franqueza.

LEON. *(Continuando.)* No obstante, el cultivo de la remolacha...

BLAS. Caballero; yo creia... Julian me habia dicho..

LEON. Qué?

BLAS. Nada!

LEON. Soy bastante político para no desmentirlo.

BLAS. *(Ap.)* (Entonces, es de mí de quien tiene vergüenza? Voy á dejarlo solo un instante, que reflexione.) *(Sale vivamente por el fondo.)*

ESCENA XI.

LEON, despues MARIA.

LEON.	(*Tomando su sombrero y su látigo.*) Esto se llama dar una leccion. (*Llamando desde la ventana.*) Bautista! Los caballos!
MARIA.	(*Por la derecha. Ap.*) (Ya debe haberle hablado á mi padre...) Ah!... caballero... Venía á buscar mí bordado.
LEON.	Señorita... Soy dichoso en volverla á ver...
MARIA.	(*Ap.*) (¡Vá á declararse!)
LEON.	Para despedirme.
MARIA.	Ah! Marcha usted?
LEON.	(*Con ironía.*) Sí; tengo albañiles en mi casa... En mi casa de la calle de Alcalá.
MARIA.	(*Picada.*) Y es por eso? No lo detengo á usted.
LEON.	Debo facilitarle algunos informes para que no esté en un error; la fachada únicamente es de piedra; el resto, es ladrillo; nada más que ladrillo y madera.
MARIA.	Pero de qué me está usted hablando?
LEON.	No lo sabe usted? De mi casa, de mi casa de la calle de Alcalá.
MARIA.	Usted tiene una casa? Yo no sabia...
LEON.	(*Admirado.*) Qué! Cómo! De veras? No sabia usted...
MARIA.	Ciertamente.
LEON.	Júrelo usted.
MARIA.	Lo juro.
LEON.	(*Con trasporte.*) Oh felicidad! Ella no lo sabia... Tú no lo sabias! usted no lo sabia!
MARIA.	Pero caballero.
LEON.	Señorita, tengo treinta y dos años... (*Ap.*) (Bah... Me decido por los treinta y dos.) (*Alto.*) Me conceden algun talento... al ménos me lo repiten tantas veces, que he concluido por

creerlo... En cuanto á mi físico... ya lo vé usted. Puedo lisonjearme de haber producido en usted, alguna impresion?

MARIA. Yo... la verdad.

LEON. Acaso no? Entonces es que su padre la obliga...!

MARIA. No por cierto; me deja en completa libertad

LEON. Ah!... comprendo. Es que yo no he tenido la suerte de agradarla... Muy bien; no tengo nada que decir. (*Llamando desde la ventana.*) Bautista!

MARIA. Jesús,..! Deje usted tranquilo á su Bautista.

LEON. Ah!... Una palabra... nada más que una palabra...

MARIA. Y qué quiere usted que le diga? Apenas le conozco.

LEON. Eso no es un inconveniente. Señorita; yo tengo cuaren... digo, nó! Treinta y dos años. Me conceden algun talento... en fin quiere usted casarse conmigo?

MARÍA. Pero caballero.

LEON. Espero una respuesta clara, terminante...

MARIA. Dios mio...! qué tiranía!

LEON. (*Picado.*) Muy bien!... la fastidio. (*Llamando desde la ventana.*) Bautista!

MARIA. Eso no!... Deje usted á Bautista.

LEON. (*Con alegria, cogiéndola una mano y besándola.*) Ah!... Eso quiere decir...

MARIA. Que no se marche usted. Ah! mi papá. (*Váse corriendo por la izquierda.*)

LEON. (*Enviándola besos con los dedos.*) Oh, mujer divina! celestial!

ESCENA XII.

LEON y BLAS.

BLAS. (*Por el fondo viendo á Leon que tira besos á la puerta por donde ha salido Maria.* (Eh!... Qué es lo que hace?) Caballero...

LEON.	Su hija de usted es un ángel!... Tengo el honor de pedirle á usted la mano de su hija.
BLAS.	Concedida.
LEON.	Gracias. (*Ap.*) (Ya hemos llenado una formalidad.)
BLAS.	(*Ap.*)(Hombre más raro!) Hé aquí un corto de génio... atrevido.) (*Alto.*) Será indispensable que hablemos un poco del contrato, de las condiciones...
LEON.	Oh!... No habrá disputa; yo accedo á todo.
BLAS.	Yo tambien. (*Ap.*) (Pero qué buen chico!)... (*dándole golpecitos en el vientre.*) Caramba.... Usted me conviene.
	Sí?... (*Ap.*) (Demonio de familiaridad!) (*Golpecitos á Blas.*) Caramba...! Despachemos, porque...
BLAS.	Ea; hablemos del contrato; usted tiene una casa...?
LEON.	(*Con rabia. Ap.*) (Todavía!) Sí, sí, sí señor...! tengo una casa en la calle de Alcalá... no hablemos más de esto.
BLAS.	Como que no... De cuántos pisos?
LEON.	(*Ap.*) (Vive Dios...) De tres!
BLAS.	Es bien poco.
LEON.	Aumentaré hasta ocho!
BLAS.	Está hipotecada?
LEON.	No!
BLAS.	(*Ap.*) (Qué sequedad!) Se dice que está sólidamente edificada?
LEON.	Sí, por los romanos! Nueve huecos de frente, cuatro tiendas... Hablemos, hablemos de otra cosa.
BLAS.	Por qué?
LEON.	Porque si yo tratase de casar á una hija, me avergonzaria conducirme como un peon de albañil.
BLAS.	(*Ap.*) (Este hombre me saca de mis casillas!)
LEON.	Caballero; amo á su hija de usted, y haré cuantas concesiones...
BLAS.	Pero qué concesiones...?

Pues no me concede usted la mano de su hija, porque tengo una casa?

BLAS. Y eso qué...? Pues si no tuviera usted nada, claro que no se la concedería...!

LEON. Gracias...! Pues si de aquí á media hora se presenta otro con dos casas en el bolsillo...

BLAS. (*Gritando.*) Y bien...! Qué...! Vamos á ver...! Pues hombre...! Uff...! Me hace sudar...! (*Se quita la bata, quedándose en mangas de camisa.*)

LEON. *Con sorpresa. Ap.*) (Cómo...! Se desnuda...! Me trata como á un ayuda de cámara...) (*Alto.*) Espere usted, espere usted. (*Se quita el levita, quedándose tambien en mangas de camisa.*

BLAS. Usted tambien tiene calor?

LEON. No señor! Tengo frio!

BLAS. (*Ap.*) ¡El diablo que lo entienda!) (*Llamando.*) Felipe; tintero y plumas.

LEON. (*Ap.*) (Esa maldita ventana...!) (*Estornudando.*) Achiiis! Gracias! (*Gritando.*) He dicho «gracias,» caballero!

BLAS. Canario! Otra te pego! Porque no he dicho que Dios le ayude? Pues bien. (*Gritando.*) Dios le ayude! Está usted contento?

ESCENA XIII.

DICHOS, FELIPE por el fondo, con recado de escribir.

FELIPE. Aquí está, señor. (*Ap.*) (Calle! Y están en mangas de camisa!)

BLAS. Acabemos; tome usted la pluma.

LEON. (*Se sienta y se dispone á escribir.*) Con mucho gusto.

BLAS. Ponga usted. (*Ap.*) (Diablo de corriente de aire!) (*Se pone la bata.*)

LEON. A sus órdenes... (*Levanta la cabeza y ve que Blas se está poniendo la bata. Ap.*) (Ah! parece que ha llegado la hora de vestirnos.) (*Se pone el levita.*)

BLAS.	Tiene usted frio?
LEON.	No señor! tengo calor!
BLAS.	Deciamos que usted aporta al matrimonio...
LEON.	Un millon de reales.
BLAS.	Está bien. Yo constituyo á mi hija un dote de sesenta mil duros.
LEON.	No puede ser!
BLAS.	Cómo!...
LEON.	Yo aporto únicamente cincuenta mil, y no admito en ella un céntimo más.
BLAS.	Esto es demasiado! No soy libre para dotar á mi hija en lo que quiera?
LEON.	(*Dando golpes sobre el velador.*) No señor!
BLAS.	(*Idem, idem.*) Sí señor!
LEON.	No señor!
BLAS.	Sí señor!
FELIPE.	(*Bajo á Leon.*) Que tonto! En el tomar no hay engaño.
LEON.	(*Furioso á Felipe*) Doméstico!!
BLAS.	Esto no es un yerno! es un puerco-espin!
LEON.	(*Furioso.*) Qué ha dicho? (*A Felipe.*) Qué es lo que ha dicho?
FELIPE.	(*Riendo.*) Já, já, já. Que es usted un puerco-espin.
LEON.	(*Le dá un bofeton.*) Insolente!
FELIPE.	(*Con la mano en la cara.*) Ay!
BLAS.	(*Grita indignado.*) Esto es fuerte!
FELIPE.	Sí, sí señor... Muy fuerte!

ESCENA XIV.

• DICHOS y MARIA.

MARIA.	(*Por la izquierda.*) Qué pasa aquí?
BLAS.	(*Furioso.*) Pegarle á Felipe! á mi ahijado Felipe! delante de mí! Caballero... no hay nada de lo dicho. (*Blas y Felipe vánse por el fondo.*)

ESCENA XV.

LEON, MARIA.

MARIA.	(*Ap.*) ¡Ah, Dios mio!)
LEON.	(*Ap*). (Al demonio mi décimo octavo suegro! Otro antípoda fuera de combate!)
MARIA	Pero qué significa esto?
LEON.	Señorita, la amo á usted, la adoro! y tengo el honor de saludarla. (*Llamando por la ventana*.) Bautista!
MARIA.	Decididamente se marcha usted?
LEON.	Al galope! Despues de la manera de tratarme que ha tenido su padre de usted... Me ha llamado puerco-espin! Dios de Dios! Francamente, tengo yo facha de puerco-espin?
MARIA.	Lo diria sin pensar...
LEON.	Entonces que retire la palabra.

ESCENA XVI.

DICHOS, JULIAN.

JULIAN.	(*Por el fondo*.) Amigo mio; estoy encargado de una mision penosa. El Sr. Rodriguez...
LEON.	Retira la palabra?
JULIAN.	Me ha suplicado que le despida si no acepta usted la condicion que le impone.
LEON.	Condiciones á mí? Si no mirara!...
MARIA.	Calma, amigo mio; tal vez pueda arreglarse todo.
JULIAN.	Lo dudo.
LEON.	Pero qué es lo que dice...
JULIAN.	Que le ha dado usted un bofeton á su ahijado, á su Benjamin, y que sólo consiente en apaciguarse con una condicion.

Leon.	Pero esa condicion!
Julian.	Es inútil; usted no querrá.
Leon.	No obstante, veamos.
Julian.	Desea... que le dé usted una satisfaccion á Felipe.
Leon.	A un criado! Jamás!
Julian.	Eso mismo dije yo.
Leon.	Ira de Dios!
Julian.	A un criado!...
Maria.	Pero, amigo mio...
Leon.	Satisfaccion! Algunos latigazos, tal vez!
Maria.	(*Con sentimiento.*) Eso es. Y entre tanto, nosotros...
Leon.	Eso es imposible!
Julian.	Tal he creido yo; no tiene arreglo posible. Voy á decir que ensillen su caballo de usted. (*Vase por el fondo.*)

ESCENA XVII.

LEON, MARIA despues FELIPE.

Maria.	Señor Alvarado...
Leon.	(*Con emocion.*) María, no puedo permanecer aquí... Adios. Ya nos veremos en Madrid, en los salones acaso. La invito á usted para la primer contradanza, para el primer baile..... y todos los siguientes. Acepto desde ahora, caballero... (*Vuelve la cabeza para ocultar las lágrimas.*)
Leon.	(*Cogiéndole una mano.*) Oh! usted llora? usted llora por mí? Qué felicidad! Que su padre de usted me pida otra cosa cualquiera; por ejemplo, que atraviese el patio del teatro Real, en una noche de primer turno, con un melon er los brazos.
Maria.	Si usted me amase!...
Leon.	Y lo duda!...
Maria.	Más fácil que todo eso, es buscar á Felipe y...

LEON.	Un criado!..
MARIA.	Precisamente por eso, el paso no tiene importancia.
LEON.	Usted cree que no tiene importancia? *(Aparte.)* (Vamos.. me entontece esta mujer!)
MARIA.	*(Con timidez.)* Seriamos tan felices! Yo no sabria como pagar ese sacrificio, esa prueba de amor.
LEON.	Ah! Dónde está ese bárbaro?
MARIA.	Consiente usted?
LEON.	No prometo nada, porque es duro, muy duro. Pero, en fin, probaré.
FELIPE.	*(Por el fondo, con mal humor y miedo.)* El caballo está ensillado.
MARIA.	*(A Leon.)* Valor.
LEON.	(Vamos!) Aquí, lacayuelo...
FELIPE.	*(Corriendo por el fondo.)* Socorro! socorro!
LEON.	Cómo! Huye cuando quiero darle una satisfaccion?
MARIA.	Voy á buscarlo y lo enviaré. *(Vase por el fondo.)*
LEON.	Sí, sí, que venga cuanto antes, porque si tarda... no respondo!

ESCENA XVIII.

LEON y BAUTISTA.

BAUTISTA.	*(En el fondo.)* Señor; los caballos se hallan dispuestos.
LEON.	Ah!... Bautista!... Aproxímate; voy á ensayar contigo... Llámame puerco-espin.
BAUTISTA.	Señor!...
LEON.	Yo te lo mando!
BAUTISTA.	Pero!...
LEON.	Obedece!
BAUTISTA.	Está bien... Puerco-es... *(le dá un latigazo)* Ay!...

LEON.	No, no hagas caso. Vamos otra vez.
BAUTISTA.	Pero...
LEON.	Vamos!...
BAUTISTA.	Puer... puerco-espin (*puntapié*) Ay!
LEON.	Este ha sido ménos fuerte... Ea; adelante.
BAUTISTA.	Puer... puer... puerco... no' no! basta! (*Váse corriendo por el fondo.*)

ESCENA XIX.

LEON y FELIPE.

LEON.	Me siento más fuerte para sufrir la prueba.
FELIPE.	(*Por el fondo con miedo.*) Llamaba el señor?
LEON.	Sí; acércate... Mi buen Felipe... (*Ap.*) (¡Un doméstico!) Yo he sido un poco vivo.
FELIPE.	Es verdad.
LEON.	Aceptarás por lo tanto... (*Ap*) (ira de Dios!) ¿aceptarás... (*Con rabia.*) mis escusas!!
FELIPE.	Segun y conforme. Si me satisfacen.
LEON.	(*Dándole latigazos.*) Las aceptarás! voto á cribas! Toma, canalla!
FELIPE.	(*Huyendo por la escena.*) Socorro! socorro!

ESCENA ÚLTIMA.

DICHOS, JULIAN, MARIA y BLAS por el fondo.

BLAS.	Qué es esto?
LEON.	(*Bajo á Felipe*) Cinco duros si ries!
FELIPE.	(*Riendo y rascándose.*) Hi, hi... ay!... hi, hi... ay!...
LEON.	Nos han interrumpido ustedes; comenzaba á darle una satisfaccion (*Bajo á Felipe.*) Ríete!
BLAS.	Ah! Será divertido.. continúe usted.

FELIPE.	No! no! Basta!
BLAS.	Sí, sí... vamos.
JULIAN.	(*Bajo á Leon.*) No ceda usted, caramba!
LEON.	(*A Julian.*) No!
MARIA.	(*Bajo á Leon.*) Valor!...
LEON.	(*A Maria.*) Sí!
BLAS.	Apuesto un duro á que no le dá la satisfaccion.
FELIPE.	Si me la, si me la da!
LEON.	Pues lo gané. (*Ap.*) (Delante de todos!...) Felipe... D. Felipe... (*Ap.*) (Voto vá!) (*A Julian entregándole el látigo.*) Tome usted mi látigo, no sea que... (*A Felipe.*) De hombre á hombre... (*A Julian.*) Sujéteme usted el brazo, porque si no... (*A Felipe.*) Felipe! Venga la mano...
FELIPE.	Allá va... ay!
LEON.	(*Bajo á Felipe, mientras le estruja la mano. Ríete! cinco duros si te ríes!*)
FELIPE.	Hi, hi, ay!... hi, hi.
LEON.	(*Dándole un puntapié sin que lo vean los demás.*) (Toma!)
BLAS.	(*Que no ha visto el puntapié.*) ¡Bravo!... Caballero, he perdido. Aquí están las cinco pesetas .. y la mano de mi hija.
MARIA.	(*Bajo á Leon.*) Gracias! Yo sabré recompensarle este sacrificio!
LEON.	(*Ap*) (Es un ángel!) (*Alto.*) Yo soy así; campechano... Ah, buen Felipe. (*Le dá un puñetazo sin que lo vean los demás.*) (Toma!... toma!... (*Lo dá el duro de Blas.*) Y esto, á cuenta.
FELIPE.	La noche de la boda, beberemos champagne.
LEON.	Sí, pero al dia siguiente... te daré otra satisfaccion!

Al público.- Estaba escrito, y me alegro;
No se sorprendan ustedes
Si, al fin, me cogió en sus redes
Mi décimo-octavo suegro.

*A Blas.—*Antípoda! Soy tu negro,

Tu esclavo desde ahora mismo!
Al público.—Yo tengo este pesimismo,
Mas todo me importa... nada,
Como escuche una palmada
En pago de mi heroismo.

FIN.

Milton Keynes UK
Ingram Content Group UK Ltd.
UKHW010637290424
441924UK00005B/351